Dr. Bernold Baumstark

GESCHICHTEN AUS DEM MUND

25 verrückte Erlebnisse aus einem Vierteljahrhundert Zahnmedizin

Herausgeber

VISUAL EDUTAINMENT GmbH

Dr. Bernold Baumstark / Georg Reifferscheid

Gartenstr. 14

61476 Kronberg

Bibliografische Information der Deutschen Nationalbibliothek:
Die Deutsche Nationalbibliothek verzeichnet diese Publikation in der Deutschen Nationalbibliografie; detaillierte bibliografische Daten sind im Internet über http://dnb.dnb.de abrufbar.

Herstellung und Verlag: BoD – Books on Demand, Norderstedt

ISBN: 978-3-753472188

PROLOG

In einer Zahnarztpraxis geht es um weit mehr als fehlende Zähne oder zu füllende Löcher. Als Zahnarzt bin ich zu tiefst mit der menschlichen Seite meiner Patient:innen verbunden, da sie tagtäglich ihre Lebensgeschichten mit in unsere Behandlungs-zimmer bringen.

In diesem Buch erzähle ich diese Geschichten, gepaart mit humorvollen Anekdoten aus dem Alltag eines Zahnmediziners.

Das Verstehen und Annehmen der jeweiligen Geschichten ist der erste Schritt und die Basis für das Abholen der Menschen und eine vertrauensvolle gemeinsame Reise. Nur so kann ich individuelle Lösungen und ein Vorgehen finden, bei dem wir glückliche und zufriedene Menschen wieder aus unserer Praxis verabschieden.

Als ehemaliger Angst-Patient habe ich die Bedeutung von Vertrauen selbst erlebt. Ja, es ist wirklich wahr, dass ich in meiner Kindheit den Zahnarzt gefürchtet habe, wie der Teufel das Weihwasser. Meine Eltern haben, der damaligen Zeit entsprechend, die Zahnpflege dem Junior selbst überlassen und so kam es zu dem ein oder anderen Loch im Zahn. Jeder Zahnarztbesuch war ein Ritt durch die Hölle.

Als ich schließlich zu Hause verkündete, dass ich nach bestandenem Abitur eine Laufbahn als Zahnarzt anstrebe, dachten alle, ich würde scherzen. Aber es ist gekommen, wie es kommen musste. Ein guter Freund, der Zahnarzt war und es verstanden hat Patient:innen gut zu behandeln, öffnete mir die Augen, dass das etwas ist, was die Welt braucht. Somit stand fest, dass ich dieses Gefühl weitergeben möchte. Und genau deshalb versuche ich so vielen Menschen wie möglich zu helfen und erlebe dabei die verrücktesten Geschichten.

Diese Geschichten möchte ich weitergeben, um zu zeigen, dass ihr nicht allein seid. Jeder der überlegt, dass es peinlich sei, mit der eigenen Geschichte zu einem Zahnarzt zu gehen, soll hier ermutigt werden seine Story zu einer Helden-Geschichte zu machen.

Alle anderen, die sich hier wieder erkennen und rückblickend auf diese Erlebnisse schauen, wissen wie befreiend es ist, wenn man den Schritt gegangen ist und seine Angst überwunden hat.

Viel Spaß beim Lesen!

Inhaltsverzeichnis

1. DER 1000-GRAD DÖNER (1997)

Zahntechniker-Zeit ist Entbehrungszeit. Ich habe diesen Beruf immer geliebt, jedoch ist ein geregelter Tagesablauf wegen des hohen Termindrucks oft schwer möglich. So kommt es nicht selten vor, dass das Essen neben der Arbeit zu sich genommen werden muss. Da muss man gut aufpassen, dass man nicht statt in das Brötchen versehentlich mal in die Prothese beißt, die man gerade bearbeitet.

In dieser Zeit war es daher ein großes Glück, wenn ein Fahrer, der gerade von einer Botenfahrt zurückkam, etwas zu Essen mitbrachte. So auch an jenem Tag meiner Zahntechnikerausbildung:

Wir hatten das Glück, dass ein Bote für alle eine Runde Döner besorgt hatte. Da ich damals noch der Lehrling war, war ich folglich auch für das Bereitlegen des Essens zuständig. Als das Kommando „Benno, mach die Döner warm" von meinem Meister kam, begab ich mich auf die Suche nach einer Möglichkeit das Essen möglichst schnell warm zu machen. Um nicht so weit vom Arbeitsplatz weggehen zu müssen, habe ich mir einen raffinierten Trick einfallen lassen:

Die Öfen, in denen wir die Metalllegierungen schmolzen, waren sehr leistungsstark und konnten innerhalb kürzester Zeit ein köstliches Essen zaubern. Das war schon häufig erprobt und sehr beliebt. Ich steckte also die sechs Döner in den Ofen, drückte auf Start und ging wieder an meine Arbeit. Doch schon kurze Zeit später wurde die Konzentration aller Mitarbeiter plötzlich unterbrochen, als lautes Sirenengeheule vor dem Labor zu vernehmen war. Ich rannte zum Fenster und war erstaunt, wie viele Feuerwehrautos plötzlich vor unserem Labor standen. Dass im Haus ein Alarm losgegangen war, hatte man durch den Lärm der Schleifmaschine gar nicht wirklich hören können. Normalerweise piepst immer ein Gerät oder gibt ein Warnsignal, wenn etwas nicht stimmte. Daher wunderten sich alle, was denn los sei. So viel zum Thema Brandschutzübung, die wir immer mit Desinteresse über uns ergehen ließen. Doch noch während wir fragend herumstanden, stürmte eine mit Gasmasken, Äxten und Sauerstoffflaschen ausgestattete Truppe herein und sorgte für haufenweise erstaunte Blicke.

In diesem Moment betrat der Laborleiter den Raum und schrie: „Welcher Idiot hat Döner im Muffelofen verbrannt?!". Ich glaube, mein Kopf wurde in dieser Sekunde so rot wie die Helme der Feuerwehrleute. Ich hatte tatsächlich die Temperatur statt auf 80°C auf 1080°C eingestellt. Das hält natürlich der beste Döner nicht aus. Die Rauchschwaden des knusprig-schwarz gerösteten Döners lösten den Feueralarm aus, worauf die mutigen Helden von der Feuerwache anrückten. Kopfschüttelnd verließen die Feuerwehrleute wieder das Labor und mein Chef teilte mir mit, dass die 600€ für den Einsatz auf mein Konto gingen.

Das war der teuerste Döner meines Lebens.

2. DIE VERWECHSELTE PROTHESE (1998)

Lehrjahre sind keine Herrenjahre. In jeder Ausbildung kommt irgendwann der Punkt, an dem man die volle Verantwortung für die eigene Arbeit übernehmen muss. Bei mir war das der Fall, als ich versuchte, ein Kamel durch ein Nadelöhr zu pressen.

Ich hatte an jenem Tag die ehrenvolle Aufgabe, einer netten alten Dame die Prothese zu reparieren, die sie persönlich vorbeigebracht hatte. Sie wollte ihre Zähne noch am selben Tag wieder abholen. Ich versprach ihr, mich um diese Arbeit zu kümmern und arbeitete den Fehler gewissenhaft aus. Ich polierte die Prothese auf Hochglanz und legte sie ins Bad mit der Reinigungslösung. Hier standen mehrere Gefäße nebeneinander, in denen wir alle unsere Prothesen reinigten und desinfizierten.

Nach einigen Stunden kam die Patientin wieder und fragte, ob ihre Prothese fertig sei. Ich ging zu den Gefäßen, wo die fertigen Arbeiten darauf warteten, abgeholt zu werden, griff in einen der Becher und ging mit der Prothese zur Patientin. Beim Einsetzen der Prothese fiel mir schon auf, dass es ziemlich mühevoll war, die Prothese in den Mund zu bekommen. Alles drückte und klemmte, sodass ich sogar mit den Fingern in ihre Mundwinkel griff und den Mund breiter zog, um Platz zu schaffen. Nach mehreren Dehnübungen war endlich die Prothese im Mund. Doch meine Patientin sah nun etwas anders aus als vorher:

Irgendwie war die untere Gesichtshälfte etwas breiter geworden und ihre Lippen weit nach vorn gedrückt. Sie schaute mich an und versuchte zu sprechen. Es sah aus, als würde sich jemand einen Kuchenteller in den Mund stecken und dann versuchen einen vernünftigen Satz von sich zu geben. Sie zischte und hauchte. Ich glaubte zu verstehen, dass die Prothese wohl nicht mehr passe.

Mir wurde plötzlich ganz anders, denn ich hatte einen leisen Verdacht. Ich nahm die Prothese wieder aus ihrem Mund und verabschiedete mich hektisch mit dem Satz: „Ich muss da noch was wegschleifen."

Als ich zu den Gefäßen mit den Prothesen kam, merkte ich, dass das tatsächlich nicht ihre Zähne waren. Ich fischte diesmal die richtige Prothese aus dem Becken und rannte zurück zu der alten Dame. Mit hochrotem Kopf steckte ich ihr nervös die richtige Prothese in den Mund und sie lächelte mir mit den Worten entgegen: „Was so ein wenig Schleifen doch bewirkt hat."

In anderen Berufen heißt es ja: „Was nicht passt, wird passend gemacht." Wenn man Zahntechniker ist, sollte man diesem Motto allerdings nicht folgen, denn sonst riskiert man im wahrsten Sinne des Wortes eine „dicke Lippe".

3. DIE ZEIT FLIEGT (1999)

Das Leben eines Zahntechnikers ist durchaus stressig und entbehrungsvoll. Wenn Zeitdruck herrscht, gilt es alles daran zu setzen, rechtzeitig die fertigen Werkstücke, wir nennen sie „Arbeiten", zur Praxis zu bringen, wo der Arzt mit dem Patienten wartet.

Mein Kollege schien wieder mal sichtlich unter Stress zu stehen, um einen Termin einhalten zu können. Fluchend und schimpfend saß er gebückt über seiner Arbeit. Er schaute zu mir und sagte mir, dass er heute einen dringenden Termin hätte. Eine Uhr, die er von seinem Vater geschenkt bekommen hatte, sollte zum Restaurator gebracht werden. Dieser hätte nur wenige Termine frei und er müsste pünktlich von der Arbeit loskommen, denn es sei ja noch ein ganzes Stück zu fahren. Weiter ging es mit Schimpfen und Arbeiten.

Alle 10 Minuten rechnete er aus, wie viel Zeit ihm noch bliebe und ob er noch pünktlich zum Uhrmacher käme. Dann folgte der große Showdown. Seine Rechnung ergab ein Minus von zehn Minuten. Rein rechnerisch konnte er nicht mehr pünktlich zum Uhrmacher kommen, es sei denn McFly käme mit dem Delorean und einem Fluxkompensator vorbei und würde ihn zurück in die Zukunft nehmen. Da das jedoch nicht zu erwarten war, schien er einen anderen Plan zu haben.

Er blickte mich an, blickte auf die Uhr und schaute dann zum offenen Fenster. Ich dachte, er wird jetzt nicht in seiner Verzweiflung aus dem Fenster springen, oder doch? Denn plötzlich stand er auf und ging Richtung Fenster. Ich lief schon hinterher und dachte, jetzt muss ich ihm das Leben retten, als er seine Uhr auszog und sie im hohen Bogen aus dem Fenster warf.

„Die Uhr ging eh so ungenau", schimpfte er. „Jetzt habe ich genügend Zeit und kann die Arbeit fertigstellen." Ohne ein weiteres Wort setzte er sich an seinen Arbeitsplatz und konzentrierte sich auf sein Tun. Ich setzte mich auch wieder auf meinen Platz. Wir schauten uns noch einmal an und arbeiteten entspannt weiter.

Wie tiefsinnig, dachte ich bei mir, dass man erst genügend Zeit hat, wenn man keine Uhr mehr hat.

4. DIE ARSCHL...-BRÜCKE (1999)

Im Zahnlabor sind Deadlines das große Schreckgespenst. Häufig müssen Arbeiten sehr zügig und in jedem Fall termingerecht angefertigt werden. Da ist kein Raum für Toleranzen, wenn das Handwerkliche mal nicht so läuft wie geplant. Als junge Techniker mussten wir unsere Arbeiten stets einen Tag, bevor sie zum Zahnarzt gingen, fertigstellen, damit der Meister die Arbeit prüfen und eventuelle Änderungen vornehmen konnte. Mein damaliger Kollege, der neben mir saß, und für sein ausschweifendes Privatleben bekannt war, hatte den Auftrag, die kompletten Frontzähne aus Keramik für einen Patienten herzustellen.

Es wurde Abend und wie immer waren die Arbeiten nicht so weit, wie wir sie gerne gehabt hätten. Mein Kollege wurde ganz hektisch und nervös. Er fluchte neben mir: „Ich muss heute Abend zu einem Date und die Arbeit wird und wird nicht fertig." Doch dann, eine halbe Stunde später, legte er sie in die Arbeitsschale, grinste selbstzufrieden und stellte sie dem Meister hin.

Er verließ an diesem Abend ziemlich schnell das Labor, winkte nur und rief „Ciao", als er durch die Tür ging. Ich schaute ihm hinterher und wunderte mich, denn sonst war er immer noch für ein kleines

Schwätzchen zum Feierabend zu haben. Kurze Zeit später hörte ich nur einen wutentbrannten Schrei aus dem Meisterraum. Unser Meister war ein sehr impulsiver Mann und kam schnaubend aus seinem Raum. „Wo ist der Kerl?", rief er. „Der kann mir doch nicht so einen Mist hier hinstellen und verschwinden." Er ging schnaufend und schimpfend in seinen Raum zurück. Man sah ihn durch die Glasscheibe mit hochrotem Kopf an der Arbeit weiter werkeln. Wir gingen davon aus, er würde alles in Ordnung bringen, was seinem Zögling nicht gelungen war. Denn das war ja schließlich seine Aufgabe als Meister, die Kohlen für sein Team aus dem Feuer zu holen.

Am nächsten Morgen gingen wir auf unsere Plätze und schauten in unsere Arbeitsschalen, was es da zu tun gab. Plötzlich wurde Giuseppe etwas bleich um die Nase. Er konnte den Blick gar nicht mehr von seiner Arbeitsschale abwenden. Irgendwann drehte er sich doch zu mir herüber, nahm die Arbeit aus der Schale und hielt sie mir hin. Ich fragte, was denn los sei und betrachtete die Arbeit etwas näher. Irgendwie tat er mir leid und trotzdem konnte ich mir ein Lachen nicht verkneifen:

Unser Meister hatte die Arbeit mit etwas Keramik verfeinert. Es war ein netter Schriftzug, den er aufgebracht und tatsächlich auch final in die Keramik eingebrannt hatte. Es stand von links nach rechts auf den Zähnen „Arschloch" geschrieben. Ich denke, dass selten jemand so deutlich kundgetan hat, was er von einem verfrühten Feierabend hält.

5. DER ZUHÄLTER & DIE DIAMANTKRONE (2000)

Eine weitere Geschichte, die sich in meiner Zeit als Zahntechniker zutrug, ist die Folgende: Unser Dentallabor, das in einem Vorort von Fulda lag, hatte bis dato nicht viel Aufregung erlebt. Eines Tages rief ein Zahnarzt an und kündigte uns den Besuch eines sehr speziellen Patienten an. Er habe einige individuelle Wünsche und würde diese gerne mit dem für ihn zuständigen Zahntechniker persönlich besprechen. Wir waren sehr neugierig auf das, was da auf uns zu kam.

Einige Zeit später begannen die Laborscheiben durch ein sehr lautes „Brumm" zu wackeln und wir schauten neugierig aus dem Fenster, als eine goldene Corvette vor unserem Labor parkte. Heraus stieg die perfekte Karikatur eines Diskothekenbesitzers aus den achtziger Jahren: Vokuhila, Bomberjacke und Bodybuilderhose rundeten zusammen mit dem Oberlippenbart das Erscheinungsbild ab. Das war für uns Kleinstädter ein wirklich besonderer Anblick, denn so etwas bekamen wir nicht wirklich häufig zu Gesicht. Der junge Mann betrat mit seinen Cowboystiefeln das Labor und fragte mit einem derben, hessischen Akzent, wo denn der Zahntechniker sei, der ihm die neuen Zähne machen soll. Meine Wenigkeit trat vor und reichte ihm die

Hand. Er musterte mich von oben bis unten und griff in seine Hosentasche, aus der er ein Bündel Geldscheine herauszog und mir in die Hand drückte. Er berichtete ganz stolz, dass er neue Zähne bekäme und dass es mein Auftrag sei, diese perlweiß und so schön wie möglich zu machen.

Dann griff er in die andere Hosentasche, zog ein kleines Tütchen heraus und wedelte damit vor meiner Nase hin und her. „Und das, mein Junge, das ist ein „Brilli". Den wirst du mir schön in die Brücke rein bauen. Und glaub bloß nicht, dass das ein

Strasssstein ist. Das ist ein richtig echter Diamant." Ich musterte das Steinchen in der Tüte und musste feststellen, dass es ganz schön groß war. Er sah meinen neugierigen Blick und legte eine etwas nachdenkliche Mine auf. „Ich sehe, du bist neugierig", sagte er. „Wehe, du kommst auf die Idee und tauscht diesen Diamanten gegen einen Unechten aus. Ich würde das sofort merken", sagte er. Auf diese Idee war ich noch gar nicht gekommen, aber wäre auch nicht schlecht gewesen. Er drückte mir Geld und Diamant in die Hand, drehte sich, als er ging, noch einmal um und sagte: „Und richtig schön soll das werden."

Ich machte mich ans Werk, stellte die Brücke her, verblendete sie mit der hellsten Keramik, die wir hatten und drückte den wunderschönen Diamanten in die flüssige Keramik, um dann das Ganze in den Ofen zu stecken, wo die Keramik gebrannt wird. Wir erinnern uns: Hier herrschen Temperaturen um die 1000°C.

Ich war kurz davor den Startknopf zu drücken, als mein Chef einen Hechtsprung auf mich zu machte und mir auf die Hand schlug. „Weißt du überhaupt, ob ein Diamant 1000°C aushält?", fragte er mich. Ich kratzte mich am Kopf und merkte, dass ich einfach ohne es zu wissen davon ausging, dass der härteste

Stoff der Welt auch die höchsten Temperaturen aushält. Er sagte: „Diamanten sind Kohlenstoff."

Wir schauten nach und tatsächlich: Ab 800°C verbrennen Diamanten. Da hatte ich echt noch mal Glück gehabt. Ich malte mir schon aus, wie unser Patient mit seinen Jungs den Diamanten von mir zurückverlangen würde. Ich machte die Arbeit fertig und es kam der Tag, an dem der Zuhälterverschnitt zur Anprobe kam. Wir setzten die neuen Zähne auf und ich schaute ganz zufrieden, als mir der Diamant von den weißen Zähnen entgegen blinkte. Er schaute in den Spiegel und war dabei sehr kritisch. Ich hatte, um dem Ganzen etwas Leben zu verleihen, mit den Zahnfarben einen natürlichen Farbton erzielt.

Er fragte mich - aber nur derbe auf Hessisch - ob der Dreck auf den Zähnen auch weg zu putzen sei. Ich schaute auf die Kronen und fragte, welchen Dreck er meinte. „Mein Junge, das gelbe Zeug zwischen den Zähnen", antwortete er. Nach einer kurzen Diskussion wusste ich, was mein Auftrag war: Weiß war eben nicht weiß genug. Er stellte sich etwas in Richtung Villeroy & Boch vor.

Ich arbeitete die ganze Geschichte um und beim nächsten Termin strahlte er mit seiner weißen Zahngarnitur und dem glitzernden Diamanten durch unser gesamtes Labor. Man musste fast eine

Sonnenbrille aufsetzen, wenn man ihn anschaute. Wir mussten uns alle ein bisschen das Schmunzeln verkneifen. Dieses Bild werde ich nie wieder vergessen, wie er vor mir stand: In der Türsteher Montur, mit den strahlend weißen Zähnen und dem riesigen Diamanten auf dem Zahn. Wie Atze Schröders dickster Kumpel.

6. DER STUDENT & DIE PROSTITUIERTE (2005)

Die Studienzeit war eine harte Zeit. In der praktischen Ausbildung, die eher an ein Boot Camp für Navy Seals erinnerte, wurden wir von sehr motivierten Assistenzärzten geschliffen. In dieser Zeit war es dann so weit, dass wir eigenständig Behandlungen an Patienten durchführen durften. Diese fanden in einem großen Saal statt, der durch schulterhohe Trennwände in kleine Boxen abgeteilt war.

Nun war der Tag gekommen, an dem alle Studenten in ihren Boxen standen und die ersten Patienten hereinkamen. Es handelte sich nicht selten um Patienten in finanzieller Schräglage, die diese kostengünstige Variante der Zahnversorgung zu schätzen wussten. Zahnarztkosten können ja doch recht intensiv sein und Patient bei den Studenten zu sein, erwies sich oft als kostengünstige Alternative. Für uns Studenten war dabei besonders spannend, dass wir nie wussten, wen wir behandeln würden. So auch an diesem Tag, an dem wir sehr gespannt auf unser erstes Blind Date warteten.

Alle Patienten kamen, gingen in ihre Boxen und voller Freude begannen alle anderen mit ihren Behandlungen. Nur wir nicht: Mein Box-Partner und ich standen da wie ein Blind Date, das auf den letzten Drücker versetzt worden war. Es hätte uns nur noch die rote Rose gefehlt, dann wäre das Bild perfekt gewesen.

Doch da kam, wie in einem achtziger Jahre Teenager Film, eine junge blonde Frau in hellblauem Minirock und High Heels um die Ecke. Ihr langes, blondes Haar wehte, ihre Hüften wogen sich hin und her und uns beiden klappte die Kinnlade runter. Doch nicht nur wir waren wie gebannt. Offenbar hatte das Geräusch der High Heels bei unseren überwiegend männlichen Studienkollegen ebenfalls die Neugierde geweckt, sodass aus jeder Box die Köpfe hervorschossen wie die Pilze an einem nassen, kühlen Herbsttag. Der Gang zwischen den Boxen entwickelte sich zum Laufsteg und das Publikum wandte seinen Kopf in Zeitlupe von links nach rechts, der jungen Dame hinterher. Unsere Patientin winkte uns zu, kam in die Box, legte sich auf den Behandlungsstuhl und sagte zu uns, sie wäre jetzt bereit zum Bohren. Obwohl wir mit dem Rücken zu den anderen saßen, konnten wir das Grinsen in den Gesichtern unserer Mitstudenten förmlich spüren.

Im Anamnesegespräch erfuhren wir von der beruflichen Tätigkeit unserer Patientin. Sie arbeitete im horizontalen Gewerbe und war von ihrem Freund und „Manager" (böse Zungen behaupteten es sei ihr

Zuhälter gewesen) zu einer Zahnarzt-Behandlung geschickt worden. Als wäre die Situation nicht schon lustig genug gewesen, entfernte sie aus ihren Zähnen weiße Teile und erzählte uns, dass sie ihre Zähne schon längere Zeit selbst behandle. Sie würde schon seit einigen Jahren aus einer weißen Kerze Wachs entfernen und damit alle Löcher verschließen. Das habe noch niemand bemerkt und somit stellte es für sie auch kein Problem dar.

Wir schluckten, schauten uns gegenseitig an und hatten zum ersten Mal begriffen, warum in den Etablissements das Licht so dunkel sein muss.

Damit unsere Patientin auch bei Tageslicht wieder strahlen konnte, verschönerten wir sie mit Füllungen und Zahnersatz. So kam unser erstes Blind Date schlussendlich doch zu einem guten Ende.

Wer hätte gedacht, dass es auch bei Zahnärzten ein „Happy End" gibt?

7. DIE OMA & DIE DIAMANTEN (2005)

Es war ein ganz normaler Tag, als ich mit meiner Assistentin während der Behandlung sprach und sie bat, mir die „Diamanten" zu geben. Das ist ein geläufiger Begriff für unsere Schleifkörper, die mit Diamanten besetzt sind und zum Schleifen der Zähne benutzt werden. Als der Begriff „Diamanten" fiel, stieg plötzlich sichtlich das Interesse unserer Patientin an den Instrumenten, die vor ihr auf dem Tablett lagen.

Unsere Patientin war schon etwas betagter und eine sehr sympathische ältere Dame. Sie fragte mit sehr interessiertem Tonfall: „Sie haben hier Diamanten? Die müssen aber sehr wertvoll sein." Ich zeigte ihr die kleinen Schleifkörper und erklärte ihr, dass darauf kleine Diamanten aufgebracht sind. Sie schnalzte mit der Zunge, zwinkerte und nickte bestätigend.

Einige Tage später, als die nette Dame wieder zu einem Termin kam, nahm sie im Behandlungsstuhl Platz und begann sich umzusehen. Sie wirkte, als würde sie etwas suchen. Ich fragte sie, ob ich ihr helfen könne und was sie denn suche. Sie schaute mich an und sagte, dass sie die Diamanten nicht mehr sehen könne.

Dann schaute sie vorwurfsvoll zu mir herüber und fragte mich, ob ich die Diamanten versteckt hätte, weil ich Angst habe, sie könnte sie stehlen. Ihr Blick dabei war unbezahlbar: Sie schaute wie ein Kind, vor dem man die Süßigkeiten versteckt hatte.

Ich musste mich nach einer kleinen Lachattacke dann doch zusammenreißen und erklären, dass heute einfach keine Diamanten notwendig seien. Ich scherzte weiter mit ihr: „Vielleicht sollten wir anfangen in unserer Praxis Schmuck zu verkaufen. So als kleinen Nebenverdienst. Dann wären unsere Patienten nie enttäuscht, selbst wenn sie mal nicht die „Diamanten" zu Gesicht bekommen." Darauf antwortete sie: „Mit mir hätten Sie in jedem Fall schon mal die erste Kundin." Eigentlich gar keine schlechte Idee.

8. ANGST-THERAPIE (2006)

Das Aufregendste in unserer Studienzeit war der Notdienst. Man musste abends, nachts oder am Wochenende mit den diensthabenden Ärzten die Notaufnahme betreuen. Es war wie eine Packung Pralinen: Man wusste nie, was reinkommt. Es konnten interessante Behandlungen sein, betrunkene Teilnehmer einer Schlägerei oder schlicht und einfach ein Mensch, der eine Behandlung seit Jahren vor sich herschob und bei dem es jetzt nichts mehr aufzuschieben gab.

Diesen Notdienst hatte ich mit einem Assistenzarzt zusammen, der gemeinhin als etwas schräg bezeichnet wurde.
An diesem Tag traf eine junge Familie mit einem Kind ein, das schreiend, tretend und beißend von seinen Eltern in das Behandlungszimmer geführt und gewaltsam auf den Stuhl gesetzt wurde. Die jungen Eltern schienen recht zielstrebig, waren jedoch sichtlich überfordert mit der Situation. Das sind Momente, vor denen Zahnärzte tatsächlich Angst haben: Kinder-Behandlung von Lehrern mit Doppelnamen oder Rechtsanwälten. Das Erscheinungsbild der Eltern schien auf Letzteres hinzudeuten. Es war also Vorsicht geboten.

Zum Glück war ich nicht allein. Mein begleitender Arzt war ein Kerl, den man schwer beschreiben kann: Er war der Typ, der sich selbst Hormone spritzte, um bei OPs leistungsfähiger zu sein, der bei Partys immer in Ekstase war und stets durch ein nervöses Augenzucken auffiel.

Er schaute mich mit einem apathischen Blick an und erklärte mir, dass er Kinderbehandlungen hasse. „Wenn dieses Kind nicht mitmacht, werde ich schon dafür sorgen, dass es spurt", sagte er.

Jeder wünscht sich einen einfühlsamen Zahnarzt, der sich die Zeit nimmt, einem Kind mit psychologischer Tiefgründigkeit zu begegnen. Notärzte, die zwölf Stunden vorher in einer OP waren, nicht geschlafen haben und grundsätzlich ein bisschen verrückt sind, sind dafür aber leider nicht immer die richtigen Ansprechpartner. Deshalb gilt hier der Rat stets rechtzeitig mit seinen Kindern zum Zahnarzt zu gehen. Mein begleitender Arzt wählte daher eine ganz besondere psychologische Strategie, um sich dem Kind anzunehmen:

Er nahm sich eine Zahnextraktionszange, schob sie sich in den Ärmel seines Kittels und ging in das Behandlungszimmer. Dort unterhielt er sich mit den Eltern und erfuhr, dass man mit diesem Kind auch als Eltern so seine Probleme hat. Michael Mittermeier bezeichnete diese Art von Kind einmal als „Arschloch-Kind".

Immer, wenn die Eltern mit dem Kind sprachen und sie dem Notarzt den Rücken zu drehten, ließ er kurz die Zange aus seinem Ärmel herausgleiten, schaute es mit seinem psychopathischen Blick an und machte die Zange auf und zu. Ich stand daneben und fühlte mich an eine Mr. Bean Szene erinnert. Der kleine Junge hörte auf zu weinen und schaute nur noch mit großen Augen zu dem Arzt. Wenn die Eltern den Blick zum Arzt wandten, verschwand die Zange wieder im Ärmel und er mimte den verständnisvollen Zahnarzt. Waren die Eltern wieder mit dem Kind beschäftigt, kam erneut die Zange und der psychopathische Blick. Natürlich verurteilte ich dieses Verhalten zutiefst und im gleichen Maße konnte ich mein Lachen nicht zurückhalten.

Diese Aktion verfehlte ihre Wirkung jedoch nicht: Der Junge starrte mit großen Augen den Zahnarzt an und hielt komplett still, als wir zur Behandlung über gingen. Er schien die Botschaft verstanden zu haben. Die Eltern waren äußerst beeindruckt, wie sehr ihr Junge, der sonst, laut ihrer eigenen Aussage, als Kindergartenschreck bekannt war, doch auf diesen jungen Arzt hörte.

Wir führten die Behandlung zu Ende und die Eltern verließen mit dem Kind die Klinik. Wir winkten ihnen hinterher und der Junge drehte sich immer wieder mit einem angstvollen Blick nach hinten, als er an den Händen seine Eltern durch die Glastür ging.

9. DIE LEBERWURST-PROTHESE (2006)

Es war Prothetik-Kurs an der Universität. Studenten mussten zeigen, wie gut sie in der Lage waren Prothesen, Brücken und Kronen herzustellen. Mein Freund sollte eine Prothese, die wackelte, unterfüttern. Das bedeutet, dass eine weiche Masse unter die Prothese geklebt wird, diese in den Mund kommt und damit besser an den Gaumen angepasst werden kann. Gesagt, getan: Unser älterer Patient bekam die Prothese mit der weichen Masse in den Mund, er biss zu und wir sagten ihm, er solle kurz warten, bis die Masse fest sei. Sobald alles ausgehärtet ist, wird diese Prothese dann üblicherweise an ein Dentallabor geschickt, wo die Masse durch festen Kunststoff ersetzt wird.

Während der Patient mit der Prothese auf dem Stuhl saß, nutzten wir wie immer die Zeit, um aufzuräumen, Dinge wegzubringen, Einträge zu machen und so weiter. Es gab schließlich immer was zu tun. Wie wir da so werkelten, fragte plötzlich einer unserer Mitstudenten: „Wo ist denn euer Patient?" Häufig gingen Patienten zwischendurch auf Toilette oder vertraten sich die Beine. Doch hier war das anders: Weder Suchen noch Fragen brachte uns weiter. Der Patient war verschwunden.

Als wir auf unserer Suche am Gebäudeeingang vorbeikamen, teilte uns die Dame von der Rezeption mit, dass sie den Patienten gesehen hatte, wie er mit einem fröhlichen „Auf Wiedersehen" die Klinik verlassen hatte. Es brauchte nur den Bruchteil einer Sekunde, um zu wissen, was jetzt zu tun war:

Um den Kurs zu bestehen, musste diese Prothese ins Labor. Und um sie ins Labor zu schicken, mussten wir sie erst mal wieder in die Finger bekommen. Ein kurzer Blick in die Karteikarte verriet uns, dass der Patient im tiefsten Schwarzwald wohnte. Wir befanden uns in Freiburg und zwischen uns und dem Bestehen des Kurses lagen somit sehr viele Serpentinen und kurvige Straßen. Mein Kommilitone war ein guter Motorradfahrer und sein Motorrad stand direkt vor der Klinik. Also nichts wie los: Mit Helm auf dem Kopf und in weißer Montur düsten wir in Richtung Schwarzwald. Nach eineinhalb Stunden erreichten wir einen alten Hof und trafen unseren Patienten mit seiner Frau am Tisch sitzend bei einem gemütlichen Abendbrot vor. Er war sehr erstaunt uns zu sehen und lud uns ein, sich dazu zu setzen.

Wir hatten jedoch ein anderes Begehren. Wir fragten ihn, ob wir seine Prothese bekommen könnten, denn diese müsste ja ins Labor und zum Schluss vom Oberarzt abgesegnet werden, damit wir unseren

Kurs bestehen. Während er genüsslich sein Leberwurstbrot kaute, nickte er uns zu und dankte uns für die sehr gut sitzende Prothese, denn er hätte schon lange nicht mehr so gut das harte Brot kauen können. Wir schauten uns fragend an und sahen schon unseren Kursschein davonfliegen.

Wir erklärten ihm die Umstände und den technischen Verlauf einer Prothesenunterfütterung. „Na gut", sagte er und griff beherzt in den Mund, damit er seine Prothese herausholen konnte. Wie unsere Abformmasse sich Stück für Stück mit der Prothese und der Leberwurst zu einem Gebilde geformt hatte, brauche ich hier wohl nicht zu beschreiben. Um die Passgenauigkeit nicht zu verändern, packten wir die Leberwurstprothese so wie sie war in eine Tüte, bedankten uns freundlich und vereinbarten mit dem Patienten, dass er in zwei Tagen zum Einsetzen der Prothese in die Klinik kommen solle. Wir brausten auf dem Motorrad davon und er winkte uns noch munter hinterher.

Im Dentallabor angekommen, mussten wir uns wirklich das Lachen verkneifen, als wir in das verdutzte Gesicht des Zahntechnikers schauten, der die Prothese aus der Tüte holte. Fragend schaute er uns an, frei nach dem Motto: „Ist das euer Ernst?" Er fragte, ob er die Prothese noch reinigen solle, doch wir winkten ab und sagten, er solle nichts verändern und nur unterfüttern, denn dies sei die berühmte Leberwurst Unterfütterung.

Zwei Tage später trafen wir den Patienten in der Klinik und setzten ihm seine neu unterfüttere Prothese ein. Er machte einige Tests, der Oberarzt kontrollierte die Prothese und es war eine sensationell gut passende Prothese. Die berühmte Leberwurstunterfütterung hatte ihre Effektivität voll bewiesen und wir mit Bravour unseren Kurs bestanden.

10. WEIN-SCHORLE IST KEIN ALKOHOL (2006)

Wie sehr die Selbst- und Fremdwahrnehmung eines Menschen differieren können, kann man an einem sehr lustigen Fall aus meiner Zeit in Freiburg im Breisgau sehen. In dieser Zeit war es nicht unüblich, dass der ein oder andere Winzer unter unseren Patienten war.

Üblicherweise füllen Patienten, wenn sie neu in unsere Praxis kommen, eine Selbstauskunft über ihren Gesundheitszustand aus, genannt Anamnese. Dies führte schon des Öfteren zu sehr unterhaltsamen Situationen. Nicht selten gaben unsere Patienten an, kerngesund zu sein und schrieben hinterher bei der Medikamentenliste eine ganze Vielfalt an Medikamenten auf, die sie einnahmen. Auf Nachfrage warum sie diese Medikamente einnehmen würden, gaben diese dann an, deshalb ja auch „geheilt" zu sein. Da sieht man wieder, was unsere Pharmaindustrie den Menschen für ein Bild von Gesundheit vermittelt.

Meiner Definition nach ist natürlich der Patient gesund, der keine Medikamente braucht. Neben der Frage nach Medikamenten, tauchte in unserer Anamnese auch die Frage nach dem regelmäßigen

Konsum von Alkohol auf. Diese Frage ist per se schon immer schwierig gewesen, denn was versteht jeder einzelne unter regelmäßig? Offensichtlich war diese Frage nicht nur für mich schwierig gewesen, denn unsere Winzer fanden diese Frage in der Regel auch sehr verwirrend.

Einer gab mal an, dass er regelmäßig Alkohol trinke, jedoch könne er die Menge nicht genau beschreiben. Ich fragte ihn, ob er ein Glas oder zwei Gläser täglich trinken würde. Er sagte, dass er nicht genau sagen kann, wie viele Gläser es denn seien, aber er würde nicht so viel trinken, da es in der Regel ja nur Weinschorle wäre. Und außerdem sei ja Weinschorle gar kein richtiger Alkohol.

Ich blickte nachdenklich auf mein Anamnese-Blatt und fragte noch mal nach, wie viel Alkohol er denn jetzt tatsächlich trinken würde. Er antwortete wieder vehement, dass er doch nur Weinschorle trinke. So ging diese Frage mehrfach hin und her, bis er etwas genervt sagte, dass abends ja schon durchaus eine Flasche Wein leer sei.

Endlich hatte ich eine brauchbare Aussage. Ich schaute auf meinen Block und notierte „Eine Flasche Wein am Tag." Er verdrehte den Kopf und versuchte zu lesen, was ich da geschrieben hatte. Dann merkte ich, wie er mit geschwollener Brust noch einmal ausholte und sagte, dass er nicht jeden Tag eine Flasche Wein trinke, sondern, wie er zuvor mehrfach gesagt hatte, nur Weinschorle.

Ich fragte wieder nach: „Sie sagten doch, am Abend ist die Flasche Wein leer?" Daraufhin antwortete er wieder, dass es doch nur Weinschorle sei. So ging es dann noch einige Minuten, bis ich klein beigab, auf die Anamnese „mehrere Weinschorle" schrieb und akzeptieren musste, dass die Definition von Alkohol doch sehr individuell sein kann.

11. AUS SPASS WIRD ERNST
(2007)

Während unserer Studienzeit behandelten die Studenten immer in "Boxen", das heißt in brusthoch abgetrennten Behandlungsräumen. Von diesen Boxen gab es circa 20 Stück in einem großen Saal. Es war schwierig unter solchen Rahmenbedingungen nicht zwangsläufig mitzubekommen, was in den anderen Boxen so ablief. Tja, das ist lange her und Datenschutz war damals etwas, das Angelegenheit des Bundesgeheimdienstes war. Das Meiste war relativ uninteressant. Doch manchmal ergaben sich auch lustige Situationen. So war es auch an diesem Tag:

Ein Patient, der immer gern für ein Späßchen zu haben war, setzte sich auf den Stuhl und wir bereiteten uns auf die Behandlung vor. Plötzlich begann er zu schreien: „Hilfe! Hilfe!" Er hörte gar nicht auf zu schreien. Wir bekamen einen Riesenschreck, drehten uns um und versuchten die Ursache herauszufinden. Wir redeten auf ihn ein, fragten „Was ist? Wie können wir Ihnen helfen?"

Aus den anderen Boxen sprangen alle Behandler heraus, eilten zur Hilfe und schauten ratlos in unsere Box, wie da der Patient auf dem Stuhl saß und schrie. Sie fragten uns, was der Patient denn hätte. Wir schauten unsere herbeigeeilten Kollegen und Kolleginnen ratlos an, zuckten mit den Schultern und versuchten weiterhin mit dem Patienten ins Gespräch zu kommen. Wie auf Kommando hörte er plötzlich auf zu schreien.

Er drehte sich um und schaute in 20-30 ratlose Gesichter. Dann schaute er mich an, grinste und sagte: „Das war doch nur ein Scherz." Ich merkte, wie mein Blutdruck stieg und die Wut in mir hochkochte.

Es fiel mir wirklich schwer jetzt nicht richtig sauer zu werden und ihm eine Standpauke zu halten. Doch dann brachen alle um mich herum in lautes Gelächter aus, sodass ich ebenfalls lachen musste. Unser Patient fügte grinsend hinzu: „Na Sorgen muss ich mir hier definitiv nicht machen. So aufmerksam und schnell, wie Ihre Kollegen zur Stelle waren." Das war mal ein Scherz, der es in sich hatte.

12. MAL HÜ, MAL HOTT
(2008)

Manchmal hat man sich etwas so sehr in den Kopf gesetzt, dass man sich gar nicht mehr bewusst ist, welche Konsequenzen der eigene Plan haben kann. So erging es einst einem Patienten, der aus dem schönen Breisgau kam und über ein Leben mit Wein, Weib und Gesang seine Zähne etwas vernachlässigt hatte. Er trat sehr selbstbewusst vor mich und sagte, ich solle ihm alle Zähne entfernen, denn er sei es nun endgültig leid ständig zum Zahnarzt gehen zu müssen und immerzu Schmerzen hier und Schmerzen dort zu haben.

Wie es durch meine ärztliche Pflicht geboten war, redete ich ihm zu, doch seine eigenen Zähne zu erhalten, denn nichts ist so gut, wie das, was die Natur erschaffen hat. Einige Zähne müssten zwar behandelt werden, jedoch würde er dann mit den behandelten, eigenen Zähnen sicher gut leben können. Denn die Wenigsten sind sich bewusst, was die eigenen Zähne für die Lebensqualität bedeuten. Er hörte sich alles geduldig an und blieb bei seiner Meinung, denn sein Großvater und Vater wären auch wunderbar mit Prothesen zurechtgekommen. Die müssten doch nur ins Glas gelegt werden und der Rest würde ihn dann nicht mehr interessieren. Wenn sich ein Dickkopf etwas in den Kopf gesetzt hat, ist ihm schwer mit Argumenten beizukommen.

Ich sah diesen Patienten lange, lange Zeit nicht mehr. Als er eines Tages in meiner Praxis auftauchte und mit gesenktem Kopf um meine Hilfe bat, wusste ich noch nicht, was mich erwarten würde. Er habe ja nicht auf meinen Rat gehört und sich einen Zahnarzt in Frankreich gesucht, der bereit gewesen war ihm alle Zähne zu ziehen und ihm zwei schöne Prothesen zu machen. Übrigens waren die dort auch viel billiger, sagte er mir noch dazu. Ich erkundigte mich, wie es ihm denn jetzt mit seinen Prothesen ginge. Da sackte dieser selbstbewusste Mann noch ein bisschen mehr in sich zusammen. Er hätte nicht gewusst, was es bedeuten würde, sein Essen mit zwei Plastikteilen, die man in den Mund klemmt, zu zerdrücken. Er sei doch Winzer und Schmecken wäre doch der wichtigste Teil seines Lebens, sagte er. Er sei ein Mensch, der nicht reisen, der keinen Luxus besitzen muss. Ein Winzer lebe für den Geschmack und den Genuss. Wenn man ihm das nimmt, kann man ihm doch gleich sein Leben nehmen.

Mir war nicht ganz klar, in wessen Richtung dieser Vorwurf ging, jedoch merkte ich, dass er meine Hilfe brauchte. Er bat mich nicht direkt darum und er sagte mir auch, dass ich nichts dazu sagen solle, denn er wäre schon wütend genug auf sich selbst. Wir machten uns ans Werk. Nachdem die Kostenaufstellung stand, ließ ich es mir dennoch nicht nehmen, ihm mitzuteilen, dass es vorher nur einen Bruchteil davon gekostet hätte. Um die Behandlung bezahlen zu können, überlegte er sogar, ob er nicht einen kleinen Weinberg verkaufen könne, denn ein Leben ohne Zähne wäre für ihn so schlimm, dass er sich sogar das Leben nehmen würde. Lieber gut leben mit den restlichen Weinbergen, anstatt auf den größten Genuss, das Essen und Trinken, zu verzichten.

Es war ein Haufen Arbeit und es dauerte ein gutes Jahr. Dann konnte er endlich wieder mit eigenen, festen Zähnen, die auf Implantaten befestigt waren, kraftvoll zubeißen. Er wuchs wieder zu seiner ursprünglichen Größe und strahlte wieder diese Lebensfreude aus, die er vor seiner Zahnextraktion hatte.

Es ist immer wieder schön zu sehen, was unsere Zähne uns bieten und wie sie uns helfen, eines der größten Bedürfnisse in unserem Leben zu befriedigen. Übrigens bekomme ich jetzt immer den besten Wein von seinen Weinbergen und kann damit an diesem neuen Stück Lebensfreude ebenfalls teilhaben.

13. DER FESTSITZENDE
ABDRUCKLÖFFEL (2009)

Wer mag es schon zum Zahnarzt zu gehen und bei sich im Mund einen Abdruck nehmen zu lassen? Richtig: Niemand! Klar, ist ja auch völlig verständlich, dass den Mund voller Knete zu haben, die im besten Fall noch in den Rachen läuft, nicht gerade das ist, wo jeder „Hier, ich will!" schreit. Doch müssen wir beziehungsweise mussten wir regelmäßig unsere Patienten mit einem Abdruck quälen. Er ist in den allermeisten Fällen noch heute die Grundlage für unsere weitere Behandlung. Dank der neuen Mund-Scanner, die wir heute in unserer Praxis verwenden, bleibt diese Erfahrung unseren heutigen Patienten erspart. Einmal gab es jedoch den Fall, dass etwas Einfaches, wie einen Abdruck zu nehmen, zu einem richtigen Abenteuer wurde. Ich kann mich noch sehr gut an diese eine, sehr lebhafte Situation erinnern. Wir waren in der Universitätsklinik und hatten Studenten zu beaufsichtigen. Diese behandelten ihre Patienten und gaben sich immer redlich Mühe.

Des Häufigeren gab es dann natürlich die Momente, wo die Fähigkeiten oder das Wissen der Studenten an seine Grenzen kam. Als diesmal ein Student mit hochrotem Kopf zu mir kam und in Panik erzählte, er bekäme den Abdrucklöffel bei einer Patientin nicht mehr aus dem Mund, war das etwas, das durchaus häufiger vorkam. Wir müssen dann mit etwas mehr Druck oder einem gewissen Winkel das Problem lösen. Diesmal half jedoch auch kein Ziehen und Drücken. Die Patientin wurde langsam nervös und ich hatte das Gefühl, dass ich jeden Moment alle Zähne mitsamt dem Abdrucklöffel entferne, wenn ich so weiter mache.

Beim Studieren der Unterlagen der Patientin und den Besonderheiten ihrer zahnärztlichen Historie, stellten wir fest, dass sie sehr viele Brücken hatte, unter die die Abdruckmasse geflossen sein musste. Nun wurde aus anfänglicher Nervosität langsam Panik: Mit Löffel im Mund und fragendem Blick saß uns die Patientin gegenüber und ihre Augen wurden immer größer. Jetzt half keine Gewalt mehr.

Hier musste jetzt Systematik her. In meiner ganzen Laufbahn musste ich nicht so weit gehen.
Nachdem wir den Anästhesisten gebeten hatten, der Patientin ein Beruhigungsmittel zu spritzen, holten wir das Werkzeug fürs Grobe: Mit kleinen Schleifern und Zangen bewaffnet, machten wir uns ans Werk. Es brauchte drei Zahnärzte, die abwechselnd im Mund der Patientin den Löffel bearbeiteten, um diese widerspenstige Abdruckform vollständig in ihre Einzelteile zu zerlegen.

Drei Stunden vergingen. Doch dann war es so weit: Jede Menge Schweiß, aber vor allem handwerkliche Präzision und Geduld, brachten den Löffel endlich wieder zum Vorschein.

Kein Zahn musste entfernt werden und nach einem kleinen Schläfchen war unsere Patientin wieder so gut wie neu. Wir waren sehr erleichtert, als wir am späten Nachmittag in die glücklichen Augen unserer Patientin schauen konnten und alles gut ausgegangen war.

Während der gesamten Prozedur wich der Student keine Sekunde von der Seite der Patientin und wir dachten die ganze Zeit, wie fürsorglich er sich doch um seine Patienten kümmert. Als die Patientin wieder ansprechbar war, ging der Student auf sie zu. Bevor er sie ansprach, warf er uns noch einmal einen fragenden Blick zu. Wir wussten aber nicht, was er von uns wollte. Dann zuckte mit den Schultern und sagte zu der Patientin: „Können wir jetzt den Abdruck machen?" Die Antwort auf diese Frage wird aus Jugendschutzgründen an dieser Stelle ausgespart.

14. DAS STILLE LOCH IN DER DECKE (2009)

Es gab einst eine Zeit, in der in unserer Praxis das Radio noch über Deckenlautsprecher lief. Eine betagte Dame, Typ Queen Elisabeth und langjährige Patientin – knapp 100 Jahre war sie alt – teilte uns damals mehrmals mit, dass die Musik ja sehr anstrengend für sie sei. Sie bat mich, die Musik abzustellen. Da die komplette Musikanlage in der Praxis zentral gesteuert wurde, sagte ich ihr mit Bedauern immer wieder, dass wir nur in der ganzen Praxis die Musik abstellen können und dass das von den anderen Behandlern und Patienten nicht gewünscht sei. Ich bedauerte, ihrem Wunsch nicht nachkommen zu können und musste sie leider immer wieder vertrösten.

Kurz darauf rief mich eine Mitarbeiterin aus meinem Behandlungszimmer, denn ein anderer Patient wollte kurz mit mir sprechen. So ließ ich besagte Dame also kurz allein und unbeaufsichtigt im Zimmer. Als ich einige Minuten später ins Zimmer zurückkam, traute ich meinen Augen nicht! Es sah aus wie nach einem kleinen Erdbeben: Der Deckenputz lag auf dem Boden verteilt, der Lautsprecher samt Kabel und Vorrichtung war rausgerissen und der Boden hatte vom Aufprall der Teile leichte Macken bekommen. Ich fragte die seelenruhig auf dem Stuhl sitzende

Dame ganz zuvorkommend, ob denn alles ok sei, ob ihr etwas passiert ist und ob denn eine Erschütterung die Decke beschädigt hätte und deswegen alles runtergefallen sei?

Sie schaute ganz verschmitzt zu mir und entschuldigte sich kurz: Sie meinte, sie hätte diesen Lärm nicht mehr ertragen können und da dieses Ding kein Knopf zum Abschalten besäße, hat sie kurzerhand den Lautsprecher aus der Decke gerissen. Wie die alte Dame da hochgekommen ist und die dafür notwendige Kraft aufgebracht hat, ist mir bis heute schleierhaft. Sie tröstete mich damit, dass sie sämtliche Kosten tragen würde und somit war die Sache für sie „gegessen". Letztlich erreichte sie also was sie wollte und bestätigte: „Wo ein Wille ist, da ist auch ein Weg". Die nachfolgende Behandlung lief also in völliger Ruhe und zu ihrer vollsten Zufriedenheit ab und wir haben nie mehr über diesen Vorfall gesprochen.

15. WER NICHT HÖREN WILL, MUSS FÜHLEN (2009)

Ich habe einen sehr guten Freund, der so ehrgeizig und zielstrebig ist, dass er stets alle Ziele erreicht, die er sich setzt. Er ist Manager, Top-Sportler und ein sehr gut aussehender Typ. Er hat eben all die Attribute, die man sich so wünschen kann. Eines fehlte ihm jedoch noch: Ein strahlend weißes Lächeln. Viele Leute hätten damals gesagt, dass er völlig normale und schöne Zähne hat. Ihm reichte das jedoch nicht. Er fragte mich, ob ich ihm denn seine Zähne nicht etwas bleichen könnte. Natürlich konnte ich das. Also ran ans Werk. Nach einem soften Bleaching waren seine Zähne nun durchaus 2-3 Farbtöne heller.

Doch ihm war das noch lange nicht genug. Ich sagte, dass zu intensives Bleichen auch Nebenwirkungen hat. Man kann es zwar durchaus mit etwas Abstand wiederholen, jedoch sollte man in jedem Fall eine gewisse Zeit warten, damit die Zähne nicht überempfindlich werden. Mein Freund, der Superheld und Ironman, hatte da andere Pläne. Er hielt das alles für blödes Gewäsch und suchte sich eine Bleachingpraxis in Münchens Schickeria. Diese Praxis war darauf ausgelegt, die Wünsche der Patienten immer zu befriedigen, auch wenn sie noch so schwachsinnig waren. Er bekam ein weiteres Bleaching. Als bei dieser Prozedur die Zähne anfingen zu schmerzen, wurde dort, im Sinne des Service, eine Betäubung gesetzt, um weiter bleachen zu können. Von Kopf bis Fuß betäubt, muss er wohl sehr glücklich ausgesehen haben, als er endlich die Zahnfarbe hatte, die er sich erhofft hatte. Mich erinnerte diese Farbe mal wieder sehr an Villeroy & Boch. Er grinste mich ganz stolz an, als er mir ein Selfie schickte und mir sagte, dass es eben doch ginge.

Zwei Wochen später bekam ich einen Anruf. Es war die Telefonnummer meines Superhelden-Freundes.

Die Stimme klang jedoch eher wie die eines geläuterten Helden. Er nuschelte ein wenig und machte sehr häufig Sprechpausen. Dann kam sehr zögerlich die Frage, ob er in die Praxis kommen könne, denn er würde so viele Schmerztabletten essen, wie sein Sohn Smarties verspeise. Auch wäre es mit den Schmerzen an seinen Zähnen ziemlich schwierig durch den Alltag zu kommen.

Wir verabredeten uns noch am selben Tag zu einem kühlen Bier im Biergarten. Ich konnte mir das Grinsen nicht verkneifen, als ich sein schmerzverzerrtes Gesicht sah und wie er versuchte zu Lächeln, ohne die Lippen von den Zähnen zu nehmen. Ich wusste gar nicht, wie schnell man seinen Superheldenstatus verlieren kann. Unser Bier kam und er fragte die Kellnerin, ob sie denn einen Strohhalm dazu bringen könnte. Mir schossen vor Lachen die Tränen aus den Augen. Ihm war nicht so zu Lachen zumute und er fragte mich, was er denn jetzt tun könnte. Das Schlimme war, dass er mich durch sein geplagtes Auftreten ständig in Versuchung führte: Er gab mir so gute Vorlagen ihn zu ärgern und mich über ihn lustig zu machen, aber als guter Freund konnte ich dieser Versuchung schlussendlich dann doch widerstehen.

Trotzdem ließ ich es mir der Vollständigkeit halber nicht nehmen, ihn darauf hinzuweisen, dass natürlich eine Option sein kann, nach München zu fahren und die Bleach-Könige zu fragen. Schließlich hatten die dieses Elend in gewisser Weise mitzuverantworten. „Die andere Alternative wäre natürlich dir einfach alle Zähne zu ziehen", sagte ich mit einem Augenzwinkern. Das fand er jedoch alles nicht so wirklich lustig.

Anschließend machten wir einen Termin in der Praxis aus und versuchten mit sehr viel Geduld, die Empfindlichkeiten der Zähne mit Medikamenten und mit Schienen, die er über Wochen und Monate trug, zu behandeln. Es schwebte jedoch ständig das Damoklesschwert über seinem Kopf, dass die Zähne eventuell sogar wurzelbehandelt werden müssten, wenn die Beschwerden nicht abklingen.

Er hatte diesmal Glück gehabt und durfte sein weißes Lächeln behalten. Das Einzige was sich geändert hat, ist, dass er seit Neustem auch einmal einen guten Rat annimmt.

16. STILL BABY STILL
(2010)

Während einer Behandlung beim Zahnarzt liegen oft die Nerven blank. Die Menschen tun Dinge, von denen sie selbst nicht wussten, dass sie sie irgendwann mal tun würden. Wie wir bereits wissen, ist die Behandlung von Kindern im Rahmen der zahnärztlichen Versorgung ein ganz besonderes Abenteuer. Deren Geduld ist oft ein seidener Faden und wenn sie beschlossen haben etwas nicht zu wollen, dann sind sie auch sehr konsequent in der Durchsetzung ihres Willens.

Es war mal wieder an der Zeit, dass ich ein Kind behandeln musste. Als der Junge von zwölf Jahren schon zum bloßen Begutachten der Zähne den Mund nicht öffnen wollte, war mir klar, dass das eine ganz besondere Herausforderung wird. Mit viel Überredungskunst konnten wir die ersten Schritte machen. Doch dann war der berühmte seidene Faden gerissen und es ging gar nichts mehr. Die Mutter saß derweil mit ihren zwei anderen Kindern auf einem Stuhl im Raum und versuchte mich immer wieder mit beruhigenden Worten zu unterstützen. Aber auch gute Worte halfen hier nicht mehr weiter.

Es war das klassische Bild, wie man es aus dem Fernsehen kennt: Die überfürsorgliche Mutter mit

Tupperdose und selbst gemachten Möhrenschnitzen. Der ökologisch-esoterische Touch war dabei nicht zu übersehen. Ich schaute sie hilfesuchend an, als ich mit dem Jungen nicht weiterkam. Sie schaute zu dem Jungen, winkte ihn zu sich und sagte zu mir, dass sie einen Trick wisse, wie sie ihn beruhigen könnte.

Sie setzte ihren zwölfjährigen Jungen auf den Schoß und zog ihren vermutlich selbst gestrickten Pulli hoch. Der Junge griff nach dem nun nackt dargebotenen Busen und nahm einen kräftigen Schluck.

Ich hätte gern mein Gesicht und das meiner Helferin gesehen, als wir dieses Schauspiel beobachteten. Als er sich satt getrunken hatte, stieg er wieder auf den Behandlungsstuhl und wir konnten tatsächlich in Ruhe die Behandlung abschließen. Das Wichtigste war, dass es funktioniert hatte, dachte ich. Jedoch verfolgt mich dieses Bild bis heute und ich habe keine Ahnung was ich dazu sagen soll.

17.   DAS BLAUBLÜTIGE AUGE (2011)

Wie heißt es so schön? „Erstens kommt es anders und zweitens als man denkt." So auch in dieser einen Behandlungssituation, in der alles anders lief als geplant. Unsere Patientin, eine Frau Baronin, von adligem Geschlecht und ca. 60 Jahre jung, lag auf dem Stuhl und ließ mich ganz geduldig an ihren Zähnen arbeiten. Auf meine Fragen während der Behandlung, ob alles in Ordnung sei und es ihr gut ginge, bekam ich irgendwann keine Antwort mehr. Das war nicht weiter verwunderlich, da es nicht selten vorkommt, dass Patienten ein Nickerchen während der Behandlung machen. Sie sind ja schließlich bei Dr. B., dem einfühlsamsten Zahnarzt der Welt, wo Entspannung natürlich Standard ist. Ich fragte ein zweites Mal etwas lauter und bekam wieder keine Antwort.

Was niemand außer mir wusste: Diese Patientin litt unter einer seltenen Form von Epilepsie, bei der bei einem epileptischen Anfall eine Bewusstlosigkeit eintritt. Laut Frau Baronin sei das jedoch weiter kein Problem, denn wenn man sie etwas schüttele oder ihr eine kleine Ohrfeige gäbe, würde sie nach wenigen Sekunden einfach wieder aufwachen und alles wäre in Ordnung. So zumindest die Erzählung der Patientin.

Also begann ich sie vorsichtig zu schütteln, wie ein zärtliches Wecken morgens, wenn der Kaffee fertig ist und man jemanden zum Frühstück holen möchte. Nachdem darauf keine Reaktion erfolgte, begann ich ihr links und rechts etwas auf die Wangen zu klapsen. Jedoch erhielt ich wieder keine Reaktion. Ich steigerte die Intensität und die Lautstärke meiner Stimme. Jetzt war der Punkt erreicht, an dem auch ich etwas Panik bekam und aufstand, mich über die Baronin beugte und die Ohrfeigen mit einer derartigen Intensität durchführte, dass es wie Misshandlung hatte aussehen können.

Meine Assistentin blickte mich mit großen Augen an und wich ein, zwei Schritte zurück. Das muss ein Anblick gewesen sein, wie ich über diese Dame gebeugt stand und ihr Ohrfeigen verpasste und sie anschrie: „Frau Baronin! Frau Baronin!" Durch die Glastüren sah ich meinen damaligen Chef vorbeigehen, der plötzlich stehen blieb, zurückkam und ebenfalls mit großen, entsetzten Augen in das Zimmer schaute.

Er war Teil der High Society und ich hatte das Gefühl zu wissen, was er gerade dachte: Vorbei mit High Society, wenn es sich rumspricht, dass einer seiner Angestellten eine Frau Baronin misshandelt hatte. Er steckte seinen Kopf durch die Tür und mit zittriger

Stimme fragte er, ob bei uns alles okay sei. Ich hatte gar keine Zeit ihm zuzuhören und schlug weiter auf Frau Baronin ein. Und dann endlich war es so weit

Sie öffnete sie die Augen, schaute mich mit roten Bäckchen an und fragte mich, ob sie denn eingenickt sei. Dabei lächelte sie mich freundlich an. Ich antwortete ihr, dass alles ganz entspannt sei und sie nur ein kurzes Nickerchen gemacht habe. Sie lächelte, zwinkerte mir zu und sagte nur, wie wohl sie sich bei mir fühle und ob wir dann endlich weitermachen können. Diese Frau hatte definitiv die Ruhe weg.

18. DER ÄNGSTLICHE HÖLLENENGEL (2012)

In meiner Karriere als Zahnarzt kam schließlich der Tag, an dem all mein Wissen über die Psychologie und Menschenführung in Angstsituationen auf die Probe gestellt wurde. Ich dachte immer, Kinder wären die größte Herausforderung, doch ich sollte eines Besseren belehrt werden.

Ich wurde von Frau M., der netten jungen Rezeptionsdame, an den Empfang gerufen. Sie flüsterte, dass sie mir etwas persönlich sagen müsste: "Chef, da ist jemand im Wartezimmer.... das glauben sie nicht!" Ihr Gesichtsausdruck wechselte dabei von lustig erheitert über entsetzt überrascht bis hin zu leicht überfordert. Ich versuchte also einen kleinen Blick in den Wartebereich zu erhaschen, denn nun war meine Neugierde geweckt. Meine Verwunderung war groß, denn da saßen drei schrankgroße Männer mit Lederkutten und Kopftüchern in den kleinen, ledernen Designerstühlen unseres Lesebereichs. Ich glaubte, auf einer der Kutten die Worte "Hells Angels" gelesen zu haben.

Einer der drei Jungs wehrte sich, während die anderen beiden ihn sehr bestimmt von rechts und links fest gepackt hielten. Mit der Frage, was denn da los sei, hoffte ich insgeheim eine abwiegelnde Antwort zu erhalten. Etwas wie: „Die haben sich nur in der Adresse geirrt" oder „Die drei sind engagiert worden, um Ihnen ein Ständchen zu singen." Es war jedoch ganz anders als von mir erhofft. Frau M. flüsterte mir ins Ohr, dass die drei Herrschaften um eine dringende, zahnärztliche Behandlung gebeten hatten.

Diese Bitte war jedoch sehr nachdrücklich mit einem Satz, der so ähnlich lautete wie „Wir gehen hier nicht weg, bevor Herr Dr. Baumstark unseren Kollegen hier nicht behandelt hat", untermauert worden.

Es war schon eine komische Situation, als ich den Wartebereich betrat und sich die drei Herrschaften aus ihren Stühlen erhoben. Das war der Moment, in dem ich plötzlich ein ganz neues Verständnis von der Froschperspektive bekam. Der von seinen Kollegen festgehaltene Mann begann Tod und Teufel zu schimpfen. Dabei sprach er eine Drohung nach der anderen aus, wenn ich ihn denn nur anfassen würde. Die anderen beiden hielten ihm den Mund zu und erteilten mir den Auftrag ihren Kollegen umgehend zu behandeln, denn sein Gejammer über Zahnschmerzen wäre ja nicht mehr auszuhalten. Sie würden für meine Sicherheit garantieren.

Mit etwas zittriger Hand und so viel Einfühlungsvermögen wie in dieser Situation nur möglich war, machte ich mich ans Werk. Dabei geisterte die ganze Zeit in meinem Kopf ein Bild von Rockerbanden umher, die mein Haus umstellen und wie ich mich im Schlafzimmer verbarrikadiere. Als die Behandlung vorbei war, warnten mich die Kollegen vor, dass sie ihn jetzt loslassen würden. Außer nicken blieb mir in dieser Situation ja nicht viel übrig, also stampfte der Riese auf mich zu, breitete seine Arme aus - ich murmelte innerlich schon meine letzten Worte - und drückte mich.

Er sagte, dass er so dankbar sei, dass er nun endlich Ruhe mit seinen Zähnen habe. Er betonte aber auch, dass alles (sein Weinen und seine Angst), was in diesem Raum geschehen war, niemals den Raum verlassen dürfe. Er schaute mir dabei tief in die Augen und versuchte seinen Worten mit einem Blick, der andere zu Salzsäulen erstarren lässt, noch einmal zusätzlich Nachdruck zu verleihen. Als die drei dann schon fast am Gehen waren, sagte er: „Noch etwas Doktor: Sie haben jetzt lebenslangen Schutz. Wenn Sie mich brauchen, können Sie mich rufen und ich sorge dafür, dass es Ihnen auch gut geht." Man war ich froh, dass ich mein Schlafzimmer auch weiterhin normal nutzen konnte und nicht doch zum Behelfsbunker umfunktionieren musste.

19.   WEISSER ALS WEISS (2012)

Es ist immer wieder eine Herausforderung besondere Wünsche von Patienten ernst zu nehmen und sie in ihrem Entscheidungsprozess angemessen zu unterstützen. Eine gemeinsame Prüfung auf Machbarkeit und Sinnhaftigkeit kann hier manchmal zur Nervenprobe werden.

Die nachfolgende Patientin, die sehr extrovertiert und auf ihr äußeres Erscheinungsbild bedacht war, war hier keine Ausnahme: Sie sollte eine große prothetische Versorgung bekommen und wollte in diesem Zuge auch ihre Ästhetik verändern. Sie sagte mir, dass sie auf jeden Fall weiße Zähne möchte. Nun ja, dies ist kein außergewöhnlicher Wunsch. Denn fast jeder wünscht sich ein weißes, strahlendes Lächeln.

Als es so weit war, kam ein renommierter Zahntechniker mit den fertiggestellten Kronen in unsere Praxis. Wir machen bei solch aufwändigen Arbeiten immer eine Anprobe. Das bedeutet, es wird gemeinsam mit dem Patienten geschaut, ob die Arbeit den individuellen Vorstellungen entspricht. So können im Zweifelsfall noch Änderungen vorgenommen und alle individuellen Wünsche berücksichtigt werden. Gemeinsam setzten wir also die Kronen, die der Zahntechniker in der hellsten möglichen Farbe des Muster-Farbrings gefertigt hatte, ein und waren gespannt, was unserer Patientin sagen würde.

Sie schaute misstrauisch in den Spiegel und schüttelte den Kopf. Das sei nicht weiß genug, ließ sie uns wissen. Der Zahntechniker und ich schauten uns an und versuchten vorsichtig und dezent darauf hinzuweisen, dass Zähne, wenn sie zu hell sind, auch sehr unnatürlich aussehen können. Unsere Argumente ließ sie nicht gelten und wollte erneut hellere Zähne. Achselzuckend schaute ich zum Zahntechniker und fragte ihn, ob er nicht noch einen Ton heller gehen könne. Er sagte, dass dies ohne Einbußen an Natürlichkeit nicht wirklich möglich sei. Jedoch probiere er noch mal etwas weniger Transparenz und weniger Schattierungen.

Es kam zu einem erneuten Anprobetermin. Der Ablauf war fast identisch wie bei der Anprobe zuvor. Sie schüttelte den Kopf und ließ uns wieder wissen, dass hell noch nicht hell genug sei. Nun begann ich mit Nachdruck zu argumentieren, dass die Zähne ihre komplette Natürlichkeit einbüßen würden, wenn wir die Helligkeit noch weiter steigern würden. Doch das ließ sie kalt. Nun hatte ich noch ein letztes Ass im Ärmel, ein Trick, der schon häufiger funktioniert hatte. Durch diese List wollte ich den Patienten zeigen, wie sehr mir daran gelegen ist, natürlich aussehende, schöne Zähne zu machen:

Ich ließ von meiner Assistenz ein Dokument ausdrucken, auf dem stand, dass wir die Zähne nur so hell machen, wie unsere Patientin es wünscht, wenn sie unterschreibt, dass sie niemanden sagt, dass die Zähne von uns hergestellt wurden.

Dies hatte bisher immer Patienten abgeschreckt. Sobald ich ihnen dieses Papier überreicht hatte, merkten die meisten recht schnell, dass ihr Wunsch vielleicht doch etwas übertrieben war. Ich legte ihr das Formular vor und sie las es kritisch durch. Sie blickte mich an, grinste und fragte nach einem Kugelschreiber. Ohne zu zögern unterschrieb sie das Dokument und fragte mich, ob sie denn jetzt ihre weißen Zähne bekäme. Der Zahntechniker sah mich flehend an und ich zuckte mit den Schultern. So geschah es, dass ich meine erste Tafel weiße Zahngarnitur einsetzte. Die Patientin war so glücklich, dass man es kaum beschreiben kann. Ich würde zwar heute immer noch raten, natürliche Zähne zu wählen, jedoch bin ich auch froh, wenn meine Patienten glücklich sind – und sie war es definitiv.

20. DIE HERAUSNEHMBARE BRÜCKE (2012)

Wenn man glaubt, schon alles gesehen zu haben, dann zeigt einem das Universum immer wieder aufs Neue wie vielfältig das Leben doch sein kann. Wir hatten mal wieder einen Notdienst. Diese Dienste werden einem von der Landeszahnärztekammer vorgeschrieben und sind per se schon immer sehr abwechslungsreich. Denn hier kommen viele Patienten, die sonst keinen Zahnarzt aufsuchen würden, wenn sie nicht unbedingt müssen. Sei es Faulheit oder Angst vor dem Zahnarzt: Viele dieser Menschen suchen erst auf den letzten Drücker eine Praxis auf.

An diesem Nachmittag kam eine Patientin zu mir, die nicht wie der klassische Notfallpatient aussah. Sie hatte kein schmerzverzerrtes Gesicht oder ein Döschen mit einem abgebrochenen Stück Zahn in der Hand. Sie erzählte sehr gehemmt, dass sie seit einigen Jahren ein Problem vor sich herschiebt: Sie arbeitete beim Oberlandesgericht und war äußerlich eine sehr gepflegte Person. Sie betonte auch, wie wichtig ihr Hygiene und Reinlichkeit sind. Die Angst vor dem Zahnarzt habe sie jedoch Jahrzehnte lang abgehalten, eine Praxis aufzusuchen. Mit etwas Erfahrung konnte ich natürlich erkennen, dass diese Patientin etwas zu verbergen hatte. Menschen werden Meister darin, eine Schwäche zu verbergen, wenn sie nicht wollen, dass andere sie sehen. Als Beispiel hatte ich einmal eine Patientin, die herausnehmbaren Zahnersatz hatte und mir mitteilte, dass ihr Mann nichts davon wüsste. Ich solle diesbezüglich auch ihrem Mann nichts davon erzählen. Das war beachtlich, da sie diesen Zahnersatz schon seit zehn Jahren hatte.

Ebenso diese Patientin. Sie teilte mir mit, dass niemals jemand etwas von ihrem Geheimnis erfahren dürfe. Als nach langem Reden endlich der Zeitpunkt gekommen war, die Karten auf den Tisch zu legen, ließ sie mich endlich in ihren Mund schauen. Auf den ersten Blick war da nichts Spektakuläres zu erkennen. Ein sehr gut gepflegter Mund, mit akkurat durchgeführtem Zahnersatz. Da waren Brücken und Kronen und leider auch starker Knochen- und Zahnfleischrückgang, den viele Patienten erleiden, wenn sie nicht regelmäßig die professionelle Zahnreinigung oder eine parodontologische Behandlung durchführen lassen.

Sie ließ mich nur kurz einen Blick auf die Zähne werfen und sagte dann, dass es da noch mehr gäbe. Ich war gespannt und plötzlich auch sehr erschreckt, als die Patientin mit den eigenen Fingern die Kronen griff, aus dem Mund nahm und auf den Tisch legte. Ein weiterer Griff brachte die Brücke hervor und dann kam Stück für Stück alles, was im Mund war, fein säuberlich gereinigt und in einem perfekten Zustand auf meinen Tray (Ablage). Ich kann mir vorstellen, wie groß meine Augen gewesen sein mussten, als ich das sah. Denn es waren nicht nur die Brücken und Kronen. In den Kronen und den Brücken steckten noch die Zähne. Sprich, es lag die Brücke mit dem Zahn samt der Wurzel auf dem Tisch, welche glänzend gereinigt und akribisch gepflegt waren. Ein Blick in den Mund zeigte mir, dass die Zahnfächer komplett mit Schleimhaut ausgekleidet waren und völlig entzündungsfrei erschienen.

Sie berichtete mir, wie sie sukzessive immer mehr Zahnfleisch und Knochenabbau erlitten hatte.

Sie erzählte weiter, dass die Zähne sich dabei immer weiter gelockert hätten. Gleichzeitig hätte sie die Reinigung der Zähne und Wurzeln so stark intensiviert, dass es irgendwann schmerz- und entzündungsfrei möglich war, die Zähne selbst zu entfernen und nach einer Reinigung wieder zurückzustecken. Sie hatte dieses System so perfektioniert, dass es weder bei Gericht noch bei ihr zu Hause jemals jemanden aufgefallen war.

Nun wurde jedoch der Halt dieser Zähne immer schwächer und sie fragte mich, ob es irgendeine Möglichkeit gäbe diese Zähne wieder fest zu machen. Mir schien es schon fast realistisch, solch gut gereinigte Zähne wieder fest zu machen. Jedoch gibt es medizinisch dafür keine Möglichkeit. Ich musste ihr leider mitteilen, dass diese Zähne nie wieder festwachsen würden. Jedoch könnten wir den klassischen zahnmedizinischen Weg gehen, um ihr wieder feste, eigene Zähne zu verschaffen. Sie entschied sich dann auch für die Behandlung und akzeptierte, dass nun der Punkt gekommen war, einen neuen Weg zu gehen. Und auch hier mussten wir so agieren, dass niemand in ihrem Umfeld merkte, das etwas vorgefallen war. So ist uns die „Mission Impossible" tatsächlich unter höchster und strengster Geheimhaltung gelungen, sodass sie heute mehr strahlt als je zuvor.

21. 1000 MAL BERÜHRT, 1000 MAL IST NICHTS PASSIERT (2013)

Angst ist ein schwieriger Gegner bei der zahnärztlichen Behandlung. Viele Menschen sind so von ihrer Angst gelähmt, dass sie viel Überwindungsarbeit leisten müssen, um eine Zahnarztpraxis zu besuchen. Deshalb ist es immer wieder eine Freude, wenn jemand diesen Schritt schafft und wir ihm helfen können, das Thema Zahngesundheit wieder als Teil seines Lebens zu etablieren. Wenn diese Patienten schweißgebadet oder zitternd vor Angst in unseren Räumen ankommen, liegt es an uns, sie zu beruhigen und Ihnen Vertrauen zu vermitteln. So auch dieser eine Patient, an den ich mich noch gut erinnern kann.

Er saß auf dem Stuhl, völlig verängstigt, Schweißperlen auf der Stirn und nicht im Stande einen vernünftigen Satz zu sprechen. Nach einer gewissen Kennenlernzeit gratulierte ich ihm, dass er endlich den Schritt geschafft hatte, zu uns in die Praxis zu kommen. Er schaute mich an und fragte, ob ich mir vorstellen könne, wie oft er schon da gewesen sei.

Ich schaute verdutzt in die Behandlungskarte und antwortete ihm, dass er meines Erachtens bis jetzt nur einmal hier gewesen war. Er sagte mir verzweifelt, dass er mit Sicherheit schon 50-mal in dieser Praxis gewesen sei. „Das kann nicht sein", antworte ich ihm. „Ich bin mir ganz sicher", fügte ich hinzu, „dass das hier unser erstes Treffen ist."

Da begann er zu erzählen, dass er schon unzählige Male den Weg zur Praxis genommen hatte. Jedes Mal ging er ein Schrittchen weiter. Mal bis zum Parkplatz, dann bis zur Eingangshalle. Er hatte auch schon mal den Aufzug nach oben genommen, erzählte er. Und einmal, sagte er, hatte er tatsächlich geklingelt, sei dann aber weggelaufen. Nach jedem Besuch hätte zu

Hause eine Selbstgeißelung stattgefunden, mit Selbstvorwürfen und Traurigkeit. Da wurde mir zum ersten Mal bewusst, was es bedeutet, sich derart überwinden zu müssen, um zu uns in die Praxis zu kommen und sich seinen Ängsten zu stellen.

Seitdem ist es so, dass ich jedes Mal, wenn ich einen Patienten zum ersten Mal sehe, weiß, dass er schon unzählige Schlachten geschlagen hat. Dafür meinen größten Respekt und den Glückwunsch an alle, die diese Hürde nehmen und sich bewusst für einen neuen Lebensabschnitt mit gesunden Zähnen entscheiden.

22. COOL DOGGY DOGG (2013)

Manchmal gibt es auch ganz außergewöhnliche Aufträge in einer Zahnarztpraxis. Eine Patientin von mir ist Tierärztin und hat sich auf Zahnmedizin bei Tieren spezialisiert. Wir tauschen uns immer sehr rege aus und sie holt sich von mir immer wieder Tipps und Tricks. Eines Tages rief sie mich an und bat um einen Gefallen. Sie fragte mich, ob ich bereit wäre ein außergewöhnliches Experiment zu wagen. Sie hätten einen Patienten, welcher wiederum ein Tier hat, das ihm sehr ans Herz gewachsen ist. Dieses Tier bräuchte dringend zahnmedizinische Behandlung. Prinzipiell bin ich für Neues immer zu haben. Ich fragte neugierig, worum es sich handle, und staunte nicht schlecht als ich meine Antwort bekam: Es war ein Hund, und zwar eine Dogge, die sich einen Reißzahn beim Zerbeißen eines Steines abgebrochen hatte.

Ich entschied mich, sie zu unterstützen. Kurze Zeit später fuhr ich mit einer Assistentin in die Tierarztpraxis, wo der Hund bereits anästhesiert auf dem OP-Tisch lag. Die Kollegin reichte mir die Zange und fragte mich, ob ich den Zahn entfernen möchte. Ich schaute mir den Zahn an und fragte mich, ob ich denn auch einem menschlichen Patienten in dieser Situation den Zahn ziehen würde. Ich entschied mich anders, denn ich hatte eine geniale Idee: Wie wäre es, wenn wir diesem Hund eine Krone machen würden?

Als ich diese Idee in den Raum warf, erntete ich zuerst nur lautes Lachen von allen Anwesenden. Doch nach und nach merkte ich, wie sich diese Idee in den Köpfen des Teams zu einem Bild formte. Und so geschah es dann auch, dass wir den abgebrochenen Zahn mit einer Wurzelbehandlung vorbereiteten und einen Abdruck für eine Krone nahmen.

Das war schon ein sehr befremdliches Gefühl, eine derartige Behandlung durchzuführen. Wir gingen mit unseren Unterlagen ins Labor und stellten auf klassische Weise einen Zahn her. Der Zahntechniker musste sich erst einige Literatur besorgen, um genau zu wissen wie denn der Eckzahn einer Dogge zu gestalten sei.

Beim nächsten Termin bekam die Dogge dann ihren neuen Zahn. Ich muss sagen, dass es schon ein ungewöhnlicher Anblick war. Da lag diese schwarze Dogge und hatte nun einen goldenen Eckzahn. Später sah ich den Besitzer samt Hund dann noch einmal bei der Nachkontrolle wieder. Es war schon sehr respekteinflößend, dieses Tier im Wachzustand zu sehen. Doch das Beste kam zum Schluss: Der Besitzer erzählte mir ganz stolz, dass sein Tier nun demnächst in einem Rap-Video mitspielen würde. Wo hätte eine Dogge mit Goldzahn auch besser reingepasst?

23. LEHRJAHRE SIND KEINE HERRENJAHRE (2014)

Jeder, der einen Ausbildungsberuf erlernt, bekommt zu Beginn der Lehre den Satz, „dass Lehrjahre keine Herrenjahre sind", zu genüge zu hören. Es ist einfach eine Zeit, wo man Einiges erdulden muss. Jedoch sind es meist auch sehr lustige Zeiten, wenn man hinterher zurückblickt. Daher lassen wir es uns nicht nehmen, unsere neuen Auszubildenden ein wenig zu testen und ein bisschen zu ärgern. Ein sehr beliebter Streich ist, unsere Auszubildenden in die Apotheke zu schicken, um einen Goldmagneten zu kaufen. Das fängt meistens damit an, dass eine Mitarbeiterin voller Schrecken verkündet, dass eine Goldkrone verschwunden ist. Sie sagt ganz entsetzt, dass sie ihr runtergefallen und nirgendwo mehr aufzuspüren sei. Da kommt der Chef immer mit der rettenden Idee: Ein Goldmagnet, um die verlorene Krone zu finden.

Ein Freund in der Apotheke um die Ecke findet unsere Scherze zwar manchmal lästig, aber auch er kann sich das Lachen nicht verkneifen. So schicke ich meine Auszubildenden dann zur Apotheke, um einen Goldmagneten zu holen. In der Regel stapfen meine Auszubildenden ganz motiviert zur Apotheke los, fragen dort nach einem Goldmagneten und mein Kollege in der Apotheke lässt mir meistens eine kleine Überraschung zurückbringen. Denn der Spaß an der Sache ist, dass es Goldmagneten ja nicht gibt. Gold besitzt keinerlei Magnetismus. An diesem Tag, als wir mal wieder einen Auszubildenden zur Apotheke schickten, hatte ich komplett vergessen, dass noch eine Zentrifuge von mir bei meinem Freund, dem Apotheker, stand. Der dachte sich: „Wieso soll ich dem das schwere Ding rüberbringen, wenn hier so ein hilfsbereiter Auszubildender vor mir steht?"

Er drückte dem Auszubildenden die Zentrifuge in die Hand und behauptete, dass Gold eben nur unter ganz starken magnetischen Feldern Magnetismus aufweist und der Goldmagnet deshalb so groß sein muss.

Unser neuer Auszubildender war begeistert so schnell und unkompliziert an den von ihm gesuchten Gegenstand gekommen zu sein und machte sich auf die beschwerliche Reise zurück mit dem bestimmt 20 kg schweren Gerät. Als er völlig durchgeschwitzt und abgerackert in der Praxis ankam, packte er das Gerät auf die Rezeption und erzählte ganz stolz, dass er den Goldmagneten besorgt habe.

Er wunderte sich schon, warum der Dame an der Rezeption die Tränen flossen und fragte sie, ob etwas nicht stimmte. Diese musste sich sehr zusammenreißen, um den ganzen Spaß nicht schon jetzt zu beenden. Wir griffen die Situation auf und sagten ihm, er solle den Strom anschließen und das Gerät Stück für Stück durch die Praxis schieben, damit das vermisste Goldteilchen endlich aus seinem Versteck hervorgezischt kommt.

Viele unserer Patienten wunderten sich über den Auszubildenden, der auf allen Vieren ein komisch aussehendes Gerät durch die Praxis schob. Als er nach einer Stunde Arbeit völlig verzweifelt zu mir kam und sagte, er könne keine Goldkrone finden, erlöste ich ihn von seinem Leid und erzählte ihm die Wahrheit. Gott sei Dank trug er die Sache auch mit Humor und wir hatten noch Wochen lang immer was zu lachen, wenn wir an diese Situation zurückdachten.

24. SCHÖNHEIT HAT IMMER IHREN PREIS (2015)

„Wenn Männer sich verschönern lassen, sollte man immer auf der Hut sein! Da ist meistens was im Busch." Diesen weißen Satz sagte einst mein Anwalt zu mir, als ich mit Ihm besprechen wollte, ob es sinnvoll ist, einen Ehevertrag aufzusetzen. Er fragte mich sofort, ob ich eine Affäre hätte. Ich konnte dies verneinen. Meine Frau und ich entschieden uns, ohne Ehevertrag zusammenzuleben.

Als ein Patient, Ende 50, in meiner Praxis den Wunsch äußerte, dass er gerne wieder richtig schöne Zähne hätte, war mein erster Verdacht, dass ihn, wie häufig, die Ehefrau schickt. Denn wenn Männer diesen Schritt gehen, steckt meiner Erfahrung nach in den meisten Fällen eine Frau dahinter. Im Idealfall die eigene Frau. Da mich das aber nichts anging, nahm ich lediglich meinen Auftrag entgegen, ein schönes Lächeln zu zaubern. Wir erschufen aus Keramik ein wunderschönes, natürliches, weißes Lächeln. Er war sehr zufrieden. In den folgenden Terminen bemerkten wir weitere Veränderungen an seinem Erscheinungsbild. Erst änderte sich die Frisur, dann wurden die Anzüge eleganter und der Bauch kleiner. Ich war voller Freude, was wir dort angestoßen hatten und welchen Beitrag wir leisten konnten, dass sich hier äußerlich ein völlig neuer Mann präsentierte.

Einige Monate später saß die Ehefrau des besagten Patienten in meinem Behandlungszimmer. Sie war sehr mürrisch und nicht sehr gesprächig. Sie schaute mich an und sagte sehr bestimmt, dass ich ihr genauso ein schönes Lächeln zaubern solle, wie ihrem Mann.

Ich hatte natürlich nichts dagegen, wunderte mich jedoch über ihre negative Ausstrahlung. Ich fragte, warum sie einen solchen Wunsch mit einer solchen Negativität äußerte, denn es ginge ja darum etwas

Wunderschönes zu erschaffen und darauf könne man sich doch freuen. Sie blickte wieder böse zu mir herüber und sagte, dass ich ja schuld sei, dass ihr Mann nun mit der 30 Jahre jüngeren Sekretärin durchgebrannt sei. Ich konnte mir in dem Moment ein Lachen leider nicht verkneifen. Sie musste in diesem Moment auch lachen.

Dann betonte sie, dass sie jetzt nicht trotz, sondern gerade deswegen wunderschöne Zähne haben möchte und dass die Rechnung selbstverständlich an ihren Mann ginge. Auch hier konnten wir gute Dienste leisten und versetzten sie in die Situation, wieder Lächeln zu können. Kurz darauf lernte auch sie einen neuen Partner kennen und beide wirkten auf mich zufriedener als je zuvor. Man könnte fast meinen, Zähne seien durchaus der erste Schritt zu neuem Glück, wenn man es nur erkennt und zulässt.

25. DIE 90-25-FORMEL FÜR EIN LANGES LEBEN (2020)

Mein coolster Patient ist ein alter Herr, der nahe der 100 ist, und trotzdem eine Lebensenergie versprüht wie kein anderer. Er hat sich definitiv die Kindlichkeit bewahrt. Es ist jedes Mal ein Vergnügen, wenn er reinkommt und einen Kalauer nach dem anderen erzählt. Man kommt meist gar nicht zur Behandlung, so sehr bindet er einen in seine „Lach- und Sachgeschichten" ein. Auf meine Anmerkung hin, dass er wie ein vitaler 20-Jähriger wirke, stieß ich eine Tür auf, von der ich nicht erahnen konnte, was dahinter lag:

Er bestätigte, dass er es körperlich mit Sicherheit mit einem 21-Jährigen aufnehmen könne. Er sei so stark, dass er sich bei einer kleinen Schubserei mit Sicherheit gut wehren könnte. Er müsste den anderen nur zu packen bekommen. Gut, bei der Geschwindigkeit, da könnte er natürlich nicht mehr mithalten. Er sprang auf, nahm meine junge Assistentin in den Schwitzkasten und gab mir eine kleine Kopfnuss. „Schauen Sie her, wie ich das kann", rief er.

Ich konnte der Mitarbeiterin helfen und ihn davon überzeugen, dass wir es ihm auch so glauben. Er fragte mich dennoch, ob ich ihm das nicht abkaufen würde, wie stark er sei. Im gleichen Atemzug schob er die Stühle im Behandlungszimmer beiseite, sprang auf den Boden, machte Liegestütze und meine Assistentin und ich mussten uns vor Lachen die Bäuche halten.

Da begann er zu zählen. „1,2,3,4,5,…" Er machte völlig korrekte Liegestütze und ließ sich auch nicht abbringen, bis er seine 25 Liegestütze beendet hatte.

Dann sprang er mit hochrotem Kopf auf und forderte mich auf, es ihm nachzutun. Da wir auch gerne Spaß während unseren Behandlungen haben, legte auch ich meine 25 Liegestütze aufs Parkett.

Jetzt, da wir uns ausgepowert und alle wieder beruhigt hatten, konnten wir mit der Behandlung endlich starten. Es ist so schön zu sehen, wie eine jugendliche Einstellung im Kopf auch eine körperliche Jugend ermöglichen kann. Ich wünsche allen und auch mir, so alt zu werden und dabei so vital und fröhlich zu bleiben.

ÜBER DEN AUTOR

Dr. Bernold Baumstark ist seit mehr als 25 Jahren in einer Welt der Angst und des Zitterns zu einem überregional bekannten Experten für Menschen mit Zahnarzt-Phobien geworden. In Anbetracht dessen, dass er selbst zu dieser Gruppe von Menschen mit Todesangst vor dem Zahnarzt gehörte, klingt es heute schier unglaublich, wie sehr er es verstanden hat das Erlebte anzuwenden und so vielen Patienten zu helfen, einen entspannten Umgang mit dem ach so gefürchteten Zahnarzt zu erleben.

Neben seiner zahnärztlichen Tätigkeit erlernte er Methoden und Techniken, die er mit der Fähigkeit des emphatischen Behandelns kombinierte und somit auf zauberhafte Art und Weise Ängste in eine neue ungeahnte Motivation verwandelt.

Er lebt mit seiner Frau und seinen beiden Kindern im schönen Taunus bei Frankfurt am Main.

Dr. Bernold Baumstark praktiziert seit 2012 mit seinem Team in der Praxis BAUMSTARK Zahnärzte in Frankfurt Niederrad, Lyoner Quartier.

Infos zur Praxis unter: www.dr-baumstark.de